내 심장만이 느끼고
간직하는
너란 사랑이 있다

도서출판 청연

이 책을 세상에서 가장 소중한 인연,

_____님께 드립니다.

I'll always miss her.
But our love is like the wind. I can's see it...
but I can feel it.
난 항상 그녀가 보고 싶을 것이다.
우리의 사랑은 바람과 같아서 볼 수는 없지만,
느낄 수 있다.
-영화『워크 투 리멤버』중에서

서 시

내게 남은 마지막 자존심을 숙여서라도
너의 사랑을 조금이나마 받았으면 좋겠다.

나는 저 산 꼭대기 외로운 소나무
온갖 시련에 힘이 겨워 퇴색된
너의 사랑 기다리는 서글픈 작은 삶

어제는 비라도 올 것 같은 기쁨이더니
얄미운 바람처럼 마른 하늘엔 외면 뿐
배고픈 어린 아이처럼 울기라도 했으면
왜 이리 난 그런 작은 용기마저 없을까

내게 남은 마지막 눈물을 흘려서라도
너의 마음을 조금이나마 아프게 하면 좋겠다.

나는 저 바다 가운데 외로운 작은 배
온갖 위협에 힘이 들어 떠다니는
너의 사랑 기다리는 서글픈 작은 삶.

차례

차례

차례

심장에 새겨진 사랑!

숨 쉬지 못할 만큼 슬프고
죽고 싶을 만큼 힘이 들어
구차하게 시간을 견뎌 가느니
차라리 세상을 떠나고 싶을 때
발목을 잡아끄는 가녀린 손길이 있다.

살아진다고 사는 게 아니라지만
버텨냈다고 가치가 인정되는 건 아니라지만
고통스러워 포기해 버린다면
우리사랑 슬픔이 되어 버리기에
너를 감히 지울 수는 없다.

객관적이고 냉철한 이성으로는
도저히 설명이 되지 않는
살아지는 이유이면서,
동시에 처절한 아픔인
나만의 네가 있다.

망막에 새겨진 것이 아닌
심장에 새겨져버린
너라는 존재가 있다.

모든 대답을 다 아는 것보다는 거기에 또 다른 질문을 가
지는 것이 더 낫다. - 제임스 터버

그 오랜 기다림의 끝은...

간절한 기다림으로
드디어 만난 너와나
나의 온 마음과 온몸을
가득 채우네!

그래!
아주 오랜 옛날부터
너와 나는
사랑해야하는 인연이었던 거지

언제나 엄마품 같은 포근한 바다
그래 내 사랑의 바다에 누워보렴

삶을 깊이 이해하면 할수록 죽음에 대한 슬픔은 그만큼
줄어든다.   - 톨스토이

다. 짐. 해!

젊은 날 불면의 밤들과
초조했던 막연한 기다림 들이
한사람만을 위한 기다림이 되었을 때

함께할 수 있다는 믿음에
기다림은 점점 설렘이 되고

그와의 꿈들에
삶에 희망이 솟구친다는 건

사랑이란 이름의 열정이
다시 일어설 용기를 주기 때문일 거야!

그래
삶은 그렇게 다짐의 연속들이지

우리 앞에 어떤 시련이 올지라도
사랑으로 함께하기를
다. 짐. 해!

프러포즈

그가 그러네요!
시간이 아주 많이 흘러도
지금의 이 미소 잊지 말자고...

사랑했음에 감동이었던 말들도
무엇이든 믿고 싶었던 열정도
세월이라는 강요에 시들게 되어도
지금의 이 미소만은 잊지 말자 하네요.

그가 그러네요!
감당해야할 의무가 더욱 많아지더라도
지금의 이 마음 잊지 말자고...

언제나 서로를 먼저 배려했던 말들도
너 하나면 다른 건 모두 필요 없다던 그 바램도
현실이라는 큰 적에 퇴색 되어도
지금의 이 마음만은 잊지 말자 하네요.

그가 그러네요!

검은 머리가 파뿌리가 되어도
지금의 이 사랑 잊지 말자고...

새끼손가락 걸고 다짐했던 약속들도
서로의 가슴에 손을 얹고 외쳤던 맹세들도
먼 훗날 희미해진 낡은 사진처럼 가물가물해도
지금의 이 사랑은 잊지 말자 하네요.

그가 그러네요!
이젠 그만
같이 살자고...

자신의 날갯짓만큼 더 높이 나는 새는 없다.
- W. 블레이크

비의 연가(戀歌)

" 올 리가 없지! "

어디에 가든
무엇을 하든
잊지 말고 꼭 기억하라고
자기가슴에 날 담고 갈 테니
절대 혼자라 외로워 말라던 그대!

오지 못함을 알면서
오늘도 기다리고 있습니다.

뭔가에 홀린 듯
마법에 걸린 듯
비오는 날이면
돌아올 수 없는 먼 곳으로 가버린 그를
어김없이 기다리고 있습니다.

그래요! 그대가슴에 나있기에 외롭진 않습니다.

하지만 내 가슴 속에 있는 그댈 만지고 싶어질 때면
그대 떠난 그날처럼 이렇게 비오는 날이면
당신 냄새가 그리워서
나도 모르게 눈물이 납니다.

절대 외로워서 그런 게 아닌데 말입니다.

할 수 있다고 말하지 않으면 기회는 없다. 우선 할 수
있다고 말하자.   - 나카타니 아키히로

사랑에 빠지다!

이를 어쩌죠?
죄송합니다. 용왕님!
그를 만날 때면
간(肝)을 집에 두고 다니는
토끼거든요.

이를 어쩌죠?
미안합니다. 사냥꾼님!
그와 함께할 때면
쓸개를 떼놓고 다니는
반달곰이거든요.

쉬운 여자라고
자존심도 없다고
비웃어도 좋습니다.

그 딴것 다 버리고
당신 하나만 바라보면 행복한걸요.

이젠 목숨까지 걸만큼
이미 태워 버린걸요.

아직도 내 자신의 몇 분의 일도 알지 못하고 있다.
그러므로 산다는 것에 설렘을 느낀다.   -제임스 딘

서툰 이별

헤어진 지 벌써 오래됐는데
불현듯 되새김질되는 너의 기억에
아물어가던 상처는 또다시 덧나고
입을 틀어막아도 새어나오는 울음!

너에겐 추억이란 이름으로
과거형인 우리사랑이
내겐 아직 아픔으로
현재진행형 인가봐!

잊으려할수록 슬퍼지고
지우려할수록 떠나질 않는
눈물 나도록 아픈 나의 사랑!
내 어떻게 널 보내야할지...

사랑의 속병(속앓이)

이 뜨거운 가슴 전할 수 있다면
속-앓이 하는 이 마음
그대 헤아려 줄 수 있다면

스치는 바람에
내 영혼이 흩어져
사라져도 좋습니다.

그댈 향해 불타는 이사랑
조금이나마 전할 수만 있다면...

남을 따르는 법을 알지 못하는 사람은 좋은 지도자가
될 수 없다.   - 아리스토텔레스

유 학

"괜찮아, 괜찮아 질 거야!"

속마음은 눈물에 녹아내렸지만
나에게 주문을 걸어봅니다

그의 인생을 위한 어려운 선택이기에
떠나는 그에게 부담을 줄 순 없으니까요

어색한 손짓과 눈물이 들킬까
서둘러 뒤돌아섰지만

지금부터 맞이하게 될 그없는 시간들에
한 발짝도 움직일 수 없었습니다.

벌써부터 이 몸 하나 추수를 힘이 없는데
돌아올 그 많은 날들을 어떻게 견뎌야할지...

기다릴게
공부 잘하고 꼭 돌아와!

나에게 너는
절대 추억이 되선 안 되니까!

진정으로 행복해지려는 사람은 남을 섬기는 방법을
발견한 사람이다. - 슈바이처

오케이(O.K) 콜(Call)

사랑에 믿음을 더하면(+)
조바심은 사라지고
서로에게 힘이 되는 위안이 되지

사랑에 믿음을 빼면(-)
의심과 의문이 더해져
불안함에 자꾸 확인받고 싶어지지

사랑에 믿음을 곱하면(×)
세상 모든 것이 감사해지고
고마움에 서로를 배려하게 되지

사랑에 믿음을 나누면(÷)
스치는 인연들처럼
일시적인 감정으로 잊혀지게 되지

오랜 시련과 아픔들 속에
운명에 이끌려
드디어 만난 너와 나!

사랑에 믿음을 더하고 곱하여
주어진 시간들을
영원히 함께함이 어떠할지...

우정은 사랑 받는 것 보다 사랑하는 것에 있다.
- 아리스토텔레스

사랑 : 운명

외로움에 오랜 시간
활짝 열어두었던 마음의 문을
이제 그만 닫을까 합니다.

더는 아무도 들어오지 못하게
제 마음의 문을 닫으니
모르는 척 두드리지 말아주세요

먼 길을 돌고 돌아
방황의 시간들 속에
너무도 어렵게 만난 나의사랑!

내 그리움까지 소중히 안아주는 그가
내 마음에 가득 차버려
조그마한 틈조차 남아있지 않으니까요.

사랑수칙(守則)

사랑한다는 것은
그의 모두를 사랑하는 거라지만
그렇다 해도,
그의 과거까지 너무 궁금해 하진마세요.

관심이 집착이 될 때
믿음은 떠나가고
존재가 아닌 부재로
사랑을 배우게 될지 모르니까요.

사랑한다는 것은
많은 시간을 서로 공유하는 거라지만
함께하고픈 욕심에
그를 구속하려 하진마세요.

소박했던 소망이 소유가 될 때
추억은 상처가 되고
눈물이 나고 슬퍼도
감춰야 하는 법을 배우게 될지 모르니까요

사소한 것에 삐지고 감동하는
한남자의 마지막사랑이길 원하는
사랑의 맘 절실한 그대!
조금은 아껴두고 간직함이 어떠할지...

원만한 가정은 상호간의 희생 없이는 절대 영위(營爲)되지
못한다. 이 희생은 그것을 실행하는 사람을 위대하게 하며
아름답게 한다. – 앙드레 지드

주부의 고백!

이제는 사랑한다는 당신의 말이
떨리고 설레기보다는
안심이 되고 포근하긴 하지만
편안함과 익숙함을 핑계로
내게 소홀해지는 것은
소리 없는 아픔으로
날 잠 못 들게 합니다.

혹시라도 당신의 가슴속에서
나라는 존재가 없어져 가는 게 아닌지...
내가없으면 절대 살아가지 못할 거라던
당신의 고백도 엊그제 같았는데...
먹고사는 것이 뭐가 그리 대순지
매일 바쁘기 만한 내 사랑!

야근에 회식에 처자식위해
발버둥치는 당신을 위해서라도
마음 굳게 다져야하는데...
조금이나마 보탬이 돼야 하는데...

애들은 자고 인기척도 없는
텅 빈 집에 남겨질 때면
내 사랑 당신을 기다리다가

울다 지쳐 잠들곤 합니다!

사랑의 계산 방법은 독특하다. 절반과 절반이 합쳐 하나가
되는 것이 아니라, 오직 두 개가 모여 완전한 하나를 만들
기 때문이다.
- 조 코데르트

내가 가장 사랑하는 사람

"밥 먹었어? 지금 뭐해?"

일상적인 물음에도
하루의 시달림을 씻겨내는 사람

근심어린얼굴로 웃음보이며
내손 잡아주는 따뜻한 사람

모르던 세상을 볼 수 있게
항상 사랑받고 있음을 느끼게 해주는 사람

그 누구의 위로보다도
그자체로 큰 토닥거림이 되는 사람

주저 없이 내존재를 내던져도
그이기에 한 치의 후회도 없게 만드는 사람

세상에서 나를 가장 행복하게 하고
내가 가장 사랑하는 사람
바로 당신입니다!

혹애(惑愛) : [명사] 끔찍이 사랑함.

너로 인해 세상에 버림받은 듯
터질 듯 한 가슴 움켜잡으면서도
뚫어져라 핸드폰을 지켰던 이유는

야속할 만큼 밉고 원망스러워
죽이고 싶을 만큼 괘심하면서도
저장된 너의 사진 지울 수 없었던 것은

문신처럼 심장에 새겨진 너의 사랑 때문이다!

너의 미소 하나에
모든 것이 용서 되어버리는
치명적인 불치병에 걸려버렸기에

더는 나조차 감당할 수 없을 만큼
너의 사소한 배려에 마음이 울려버리는
내존재를 과감히 버리게 만드는 사람

내 목숨이 되어버린 너의 사랑 때문이다!

이것만은 기억하고 살았으면 해요.

하루가 다르게 오르는 물가걱정
애들에 살림에 이리저리 치이다보면
당신과 나! 아름다운 대화보다는
살벌한 대화가 더 많겠지만
이것만은 기억하고 살았으면 해요.

그래도 한때는
당신에게 난 설렘이었고
나에게 당신은 감동이었음을...

학원비다, 과외비다, 언제나 적자가계부
돈 돈돈! 마주하면 짜증나는 돈 이야기
소주한잔에 시름달래고
한번쯤 일탈을 꿈꿀 만큼 힘들더라도
이것만은 기억하고 살았으면 해요.

지금도 늘 언제나
당신에게 난 안식처이고
나에게 당신은 다시 태어나도

내남자이고 싶다는 걸...

조금은 안쓰럽게
조금은 더 따뜻한 시선으로
서로를 바라보며 힘이 돼 주기를

나는 보석보다도 인격의 아름다움으로 장식되고 싶다.
보석은 재물에서 주어진 반면, 인격은 정신에서 온다.
- B. 테일러

TO : 내 사랑!

믿게 행동했기에 믿어주는 게 아닌
그냥 믿어주는 것이 믿음이듯
서로를 향한 우리의사랑
심장이 뛰는 날까지 믿기로 해요.
당연히 항상 웃고,
항상 행복 할 순 없을 거예요
서운하고 화나고, 싸우고 지지고 볶고
만남 자체가 후회될 만큼 힘든 날도 오겠죠!
하지만 그 과정이 사랑이잖아요?!

서로 다른 두 사람이 만나서
그것도 그 수많은 사람들 중에
하필 당신과내가,
미친 듯 쿵쾅거리는 심장소리에 이끌려
서로에게 길들여지는 의미가 되었다는 건
그 무엇으로도 설명 할 수 없는
운명의 끈에 묶여있다는 뜻이거든요
잠시도 떨어져있고 싶지 않은 나의사랑!
감히 그대의 일부가 되길 바랍니다.

서로의 부족한 부분을 채우고 감싸
너와 내가아닌,
우리라는 하나가 되었으면 합니다.

당신은 남이 자기를 좋게 생각해 주기를 바라는가. 그러면
그것을 말하지 말라.   - 파스칼의 《팡세》중에서

난 항상 니 생각만 해!

확인받고 싶단 욕심에
저를 시험에 빠뜨리지 말아주세요

그로인해 우리사이 어긋나기라도 한다면
너무도 소중한 우리사랑
어리석은 아픔이 될 수도 있으니까요

불투명한 미래에 불안하다해도
조용하고 잔잔하게 예쁘게 사랑하기로 해요

제아무리 힘들고 아픈 일 있더라도
흔들리지 않게 서로 손잡아준다면
죽어도 좋을 만큼 행복할 테니까요.

가진 게 남들보다 적다고
타인의 시선에 상처받고 아파하지 말기로 해요

사람들은 흔히들 "여자가 아깝다, 남자가 아깝
다."

두 사람의 사랑을 쉽게 평가하지만
걱정 마세요, 당신은 제 인생 최고의 남자니까요

언제나 제 눈에는 당신만 보이고
제 마음 당신만을 향하니까요!!!

___

친구란 두 신체에 깃든 하나의 영혼이다.
- 아리스토텔레스

전부였던 한사람에게서

눈물에서 짭쫄름한 맛이 나는 이유는
널 향한 애달픈 사랑의 가슴 졸임 때문이요

볼에 흐르는 눈물이 투명한 까닭은
널 향한 내 사랑의 영혼이 녹아내리기 때문이다.

전부였던 한사람에게서
자신이 아무것도 아닌 존재로 느껴졌을 때
망망대해 떠있는 조각배처럼
정말이지 그 사람은 할 수 있는 게
아무것도 없게 되거든...

눈물에서 씁쓸한 맛이 나는 이유는
오직 한사람만을 향했던 타들어가는 사랑 때문
이요

애써 감춘 눈물에 빨갛게 충혈 되는 까닭은
차가워진 가슴을 녹이려는 발버둥 때문이다.

안타까운 사랑(sad love)

그가 사랑하는 사람에게
그만 보내줘야 한다는 거
잘 알고 있습니다.

아집(我執)에 나만의 욕심이었고
날 사랑하지 않는다는 것도
너무나 잘 알고 있습니다.

미우면서도 애타게 보고만 싶고
힘들면서도 미치게 생각나는,
그래서 이런 내 자신이 원망스러우면서도
한없이 내 마음 향하게 만드는 사람!

절위해서라도 그녀와 행복해야 해요
지금은 비록 내 사랑이 조금 늦었지만
다음에는 절대 늦지 않을 테니까요.

그때는 정말
양보란 없을 거니까요!

감사합니다, 절 사랑해줘서...

어느새 나도 모르게
곁에 다가와 날 지켜주는 사람!

깊었던 지난사랑의 상처에
심장에 굳은살이 박여
더는 반응하지 않을 줄 알았는데

따뜻함으로 응어리졌던 내 아픔을
조금씩 녹이고 있었던 거죠

사랑 따위의 감정에
휩쓸리지 않으리라 던 다짐들을
보듬어 달래고 있었던 거죠

하루하루 세상에 맞설 힘을 주고
내안에 담긴 세상이 되어버린 사람!

제게 남겨진 시간들을
당신과의 사랑에 걸어보겠습니다

세상의 어떤 시련이 절 시험하더라도
당신이기에 희망을 버리지 않겠습니다.

감사합니다,
절 사랑해줘서...

진정한 우정은 느리게 자라나는 나무와 같다.
- 조지워싱턴

그런 사람이었으면 좋겠습니다

주위에 날 걱정해주는 많은 사람들
순간의 공감은 있을지언정
모두가 자신의 잣대로 날 평가하려하죠
하지만 내 사랑 당신은,
해맑은 미소로 하루의 피로를 잊게 하고
날 위해 울어 줄 수 있는
따뜻한 심장을 가진
그런 사람이었으면 좋겠습니다.

사랑을 위해 최선을 다했다고
자기 합리화하는 사람들
뭐먹었는지 뭘 했는지
애정의 표현인 냥 습관처럼 확인을 하죠
하지만 내 사랑 당신은,
아무리 바빠도 안부문자 잊지 않고
그 사람 하루의 반 이상을
나이고 싶은 내 마음을
간섭이 아닌 관심으로 여기는
그런 사람이었으면 좋겠습니다.

술만 먹으면 추억을
사랑의 훈장쯤으로 여기는 사람들
그 순간은 멋있어 보일지 모르겠지만
그만큼 사랑이 부족했기 때문인 거죠
하지만 내 사랑 당신은,
후회 없는 최고의 선택이었음을
마지막 남은 한 방울의 사랑마저 내게 줘버려
다른 이와는 사랑을 도저히 할 수 없게 된
그런 사람이었으면 좋겠습니다.

이미 내가 보는 세상의 전부가 되어버린 사랑
최선을 다했기에 후회라는 것이 있을 수 없는
그런 사람이었으면 좋겠습니다.

사랑이 되게 하소서

익숙하다는 이유로 소홀하지 않게 하소서
함께 보낸 시간의 양만큼
신선함과 설렘이 부족하겠지만
섭섭함에 사랑의 의문이 들지 않도록
좀 더 조심하고 배려하는 마음 갖게 하소서

후회 없는 사랑이 되게 하소서
불안함에 헤어지자는 말로 서운함을 표현하는
여자들의 못된 사랑의 표현을
얄량한 자존심에 이별의 아픔이 되지 않도록
사랑의 믿음으로 지킬 수 있게 도와주소서.

소중한 존재임을 잊지 말게 하소서
사랑하면서 편안한 관계가 되었다는 건
서로를 향한 애정이 무디어진 상태가 아닌
길들여지고 닮아가는 것이기에
더는 없어서는 안 될 존재가 되었음을 깨닫게
하소서

주어진 사랑이 마지막임을 감사하게 하소서
우리네 사랑도 영화나 동화 속 끝장 면처럼
영원히 행복하게 살았다면 얼마나 좋겠냐만은
상상 속에만 있는 내일을 핑계로 표현에
게으르지 않게
그래서 아름다운 사랑을 그릴 수 있는 힘을 주
소서

삶에도, 사랑에도 시간은 오늘만 있을 뿐
그 오늘들이 모여 사랑의 열매를 맺게 하소서

사랑의 계산 방법은 독특하다. 절반과 합쳐 하나가 되는
것이 아니라, 오직 두 개가 모여 완전한 하나를 만들기 때
문이다. - 조 코데르트

진심으로 그녀를 사랑한다면

진심으로 그녀를 사랑한다면
아무것도 아닌 일에 토라져 화나있을 때
어지러운 말로 애써 마음 달래려 하지마세요

요즘생활이 많이 힘들고
사랑에 대한 불안함의 표현이니
사랑한다 말하며
그냥 꼭 안아주세요.

진심으로 그녀를 사랑한다면
사소한 일과부터 과거까지 모든걸 궁금해 할 때
귀찮고 짜증이 나더라도 미소를 잃지 마세요.

이해가 되질 않는다고 꼭 잘못된 것이 아니듯
질투나 집착이 아닌,
당신을 더 많이 가지고 싶은
여자들만의 사랑표현이니
믿음으로 두 손 꼭 잡아주세요.

진심으로 그녀를 사랑한다면
작은 일에 섭섭해 하고 헤어지자 말할 때
상처 주지 말고 잘 보듬어주세요.

현실과 맞닿은 사랑에 흔들리고 있는
그녀의 방황도
아껴주고 이끌어주며 진심을 느끼게 한다면
자신의 자존심보다 더 상대를 사랑할 만큼
당신과의 사랑에 모든 걸 걸 테니까요.

사랑은 구걸하지 않는 거라지만
자존심 또한 필요치 않으니까요.

죽지 않고 잘 살아가!

미련이란 끈의 한쪽 끝을 부여잡고
후회의 눈물로 솔직하지 못했던 얼굴을 지우며
못난 나를 저주하고
살아지는 하루하루를 보내고 있습니다.

당신의 잘못은 하나도 찾을 수 없고
왜이토록 후회되는 일만 떠오르는지
나보다 날 더 아껴주던 당신에게 준 상처가
부메랑이 되어 날 헤집고 있습니다.

좋은 사람 만나 행복하시리라 믿어요.
돌이킬 수 있다 해도 감히 돌이킬 수없는
이기적인 사랑밖에 배우지 못했던 내게
당신은 어쩌다 내게 온, 단 한 번에 기회였으니
까요.

무슨 말이 더 필요하겠어요?
사랑해서 미안하다는 말 믿지 않겠지만
마지막이 될지 모르는 지금,

미안하다는 말밖에는
미안해! 정말이지 미안해!

사랑을 키워가는 방법을 배우지 못했던 나는
애써 상처를 참아내는 방법을 배우고 있습니다.

사랑이란 남이 모르는 숨겨진 오솔길을 알고 있는 것이다.
 - 독일 속담

반드시 그대여야 합니다

가슴으로 뜨겁게 맞장구치며
그윽한 미소로 함께 좋아해 줄 사람
잘난척한다고 시기의 시선 숨기지 않는
반드시 그대여야 합니다.

어쩔 줄 모르는 애틋한 눈빛으로
대신 아파하지 못함을 미안해하는 사람
만사 제쳐두고 최우선으로 항상 내 곁을 지켜주
는
반드시 그대여야 합니다.

준비했던 따뜻한 손으로 등 토닥이며
어눌하지만 괜찮다 위로 아끼지 않는 사람
그 품에서라면 눈물 콧물 흘려도 창피하지 않는
반드시 그대여야 합니다.

기쁘고 아프고 슬프고 사소함까지
내 마음으로부터 충만해지는 사람
내생의 마지막 날까지 잡은 손 놓고 싶지 않은

반드시 그대여야 합니다.

내 인생 단하나의 남자이며
단한번의 사랑!
반드시 그대여야 합니다.

꿈을 계속 간직하고 있으면 반드시 실현할 기회가 온다.
- 괴테

바로 당신이었으면 좋겠습니다

그날이 다가와 이유 없이 우울한날에는
미소 머금은 얼굴로 그 짜증 다 받아주고

직장언니와 상사에 시달려 스트레스 받은 날이면
험담에도 같이 맞장구치며 무조건 내편이 돼 주
는 사람

바빠 며칠 만에 보게 될 땐
눈망울로 가슴으로 얼마나 그리웠는지 느끼게
해주고

불안한 미래에 자신감을 잃고 걱정할 때에는
사랑스런 말들로 마음 풀어주고 큰소리치는 사람

내 인생에 가장 잘 어울리는 사람이
당신이었으면 좋겠습니다.

내 사랑의 주인공이
바로 당신이었으면 좋겠습니다.

이 사람이 정말 좋습니다

가진 것이 많이 없어
조금은 부족한 삶이 보인 다해도
기꺼이 함께하고 싶을 만큼 욕심이 나는
이 사람이 좋습니다.

화려하지 않은 배경에
저울질하는 시선들이 부담된다하여도
정말이지 남 주기 아까운
이 사람이 정말 좋습니다.

진심이었고 진정성에 의심이 없었던 사랑도
결혼은 현실이라는 유언비어에 퇴색되어갑니다
그리곤 잘못된 선택에 스스로를 정당화시키며
서로를 할퀴고 탓하고, 때론 포기하며
아까운 인생을 허비하며 살아가죠!

봄날의 따스한 햇살처럼 포근한
가슴 한가득 뿌듯한 안식이 되는
정녕 나아니면 안될 것 같은

이 사람이 좋습니다.

마주한 서로의 눈빛이 통하고
서로의 마음이 전해져 믿음과 신뢰가 생기는
놓치면 평생을 후회할 것 같은
이 사람이 정말 좋습니다.

드디어 찾아낸 내영혼의 반쪽!
이젠 너와 내가 아닌
우리이고 싶습니다.

마음을 가꾸는 것은 영혼의 정원을 가꾸는 것이다.
- 브루스 빅켈

난 역시 너 아니면 안 되더라!

목안에 박힌 가시가 너무도 성가셔 물어보니
맨밥을 크게 한 숟갈 씹지 말고 삼키라 합니다.
의심스럽고 미련해보였지만
역시 삶의 연륜은 무시할 수 없더이다.

심장에 박힌 가시가 아리고 마음을 찌르기에
너와의 이별쯤이야! 호기롭게 큰소리치며
슬픔을 한 움큼씩 삼키며 시간이 가기만 기다렸
지만
체한 듯 가슴만 메어오고 터질 것만 같더이다.

내 옷에 베어버린 니냄새처럼
지금도 눈감으면 피부로 느껴지는 너의 온기
언제나 날 더 빛나게 해주던 너를
편안하다는 이유로 소중함을 몰랐던 거야!

취소해주면 안되겠니?
배송비를 부담해야하고
그 어떤 위약금을 물어야한데도

감당할 준비가 되어있거든...

다시 돌아와 주겠니?
난 역시 너 아니면 안 되더라!

사랑하고 나서 잃은 것은 전혀 사랑하지 않았던
것보다 낫다. - A.테니슨

알았어! 금방 갈게!

아주 사소한 기억하나가
하루를 온통 우울하게 만들 때가 있지

주체할 수 없을 정도로 흘러나와서
꿰매고 인두로 지져서
억지로 틀어막았던 사랑이
자꾸 터져 나와,
날 자학하게 만들곤 하지

니가 했었던 따뜻한 말 한마디
너를 닮은 잔잔한 미소들
눈감으면 언제든 느껴지는
몸이 기억하고 있는,
익숙한 온기와 너의 숨결!

아픔을 참으려 덧대고 덧대서
만신창이가 되어버린 나의 심장이
아직도 너와의 기억에
이렇게 미친 듯 날뛰며,

너 하나만을 부르고 있는데...

어서 빨리 와!
난 너 없인 안 되나봐!

인생은 한 권의 책과 같다. 어리석은 이는 그것을 마구
넘겨 버리지만, 현명한 이는 열심히 읽는다. 인생은 단
한 번만 읽을 수 있다는 것을 알기 때문이다. -상파울

몸이 알아보는 사랑(부제:이기적인 유전자)

추억으로 꽁꽁 묶어 포장하고
가슴깊이 간직하며
그 사랑을 그리워하며 잊지 못하는 게

미치도록 사랑했던 감정
그 자체를 그리워하는 것이라고
사랑을 설명하는 사람들이 있지!

그 나이 때에는
어떤 누구와도 몸이 뜨거울 그럴 나이라고
사랑을 갈망할 때라고...

하지만 혹시 그거 알아?

내 몸속 세포하나하나에 들어있는
유전자가 그 사람을 알아보는데
머리 가슴도 아닌,
몸이 먼저 기억하고 알아보는 사랑!

죽음보다 강하게 느꼈던 이별의 시간이었지
어느 누구에게도 허락될 수 없었던
영원을 약속했던 사랑이었지!

무엇인가를 이루려고 하는 마음이 없다면 세상 어디를
가나 두각을 나타낼 수가 없다. 무지함을 두려워 말라,
거짓 지식을 두려워하라.   - 파스칼

나에게서 너란 존재는...

이제는 그만 지워졌을 만도 한데
생각보다 많이 좋아했었는지
유난히 가슴 한편 깊숙이
아픔으로 자리하는 사랑이 있다.

열심히 앞만 보며 달려가는 시간 속에
나를 돌아보게 되는 그 순간이면
어김없이 불현듯 싸하게 올라오는
아프지만 지울 수 없는 사랑이 있다.

따뜻한 너의 손길 생각나게 하는 노래가 있고
다정했던 너의 숨결 느끼게 하는 풍경이 있듯
너무 늦게 깨달아버린 내가 너무 미워 미안한
아프지만 간직하고픈 사랑이 있다.

논리적인 설명으로 이해하기 보다는
내 심장만이 느끼고 간직하는
너란 사랑이 있다.

아내에게...

내 혈관을 타고 흐르는 것처럼
언제나 늘
사소함으로 함께하는 사람

더는 설레지 않아도
기대대는 기다림은 없어도
편안함으로 동행하는 사람

그 시절의 감흥이 없다 자책하지 말아요.
때론 날 돋보이게 하는 배경으로
내 마음과 영혼의 후미진 구석구석까지
평온과 안식의 온기가 되고 있으니...

당신과 함께할 수 있어 감사합니다.
염치없는 짓일지라도
내생에 주어진 시간만큼 더 있고 싶습니다.

아프지 마시고 건강하세요.
보잘것없는 능력이지만
당신의 울타리가 되어 줄 테니...

I Love You So Much

친절이 사랑이 아니라지만
당신에게 다가갈 수 있는 유일한길이기에
오늘도 몸에 베인 습관처럼
환한 미소로 인사를 건넵니다.

하루의 넋두리를 늘어놓으며
조금이나마 내게서 위안을 얻는 당신
나도 세상에 필요한 존재일 수 있다는 생각에
순간순간 뿌듯한 사랑의 충만을 느낍니다.

아프고도 슬픈 이름의 가슴앓이지요
하지만 가까이서 당신의 편이 될 수 있기에
하나도 외롭지 않습니다.
당신이기에 후회일수 없습니다.

기쁘거나 즐거워 자랑하고 싶을 때에도
사는 게 외롭고 힘이 들어 위로가 필요할 때도
세상모두가 당신을 욕하고 비난하더라도
난 언제나 당신 편이라는 걸 기억하세요!

언제가 당신과나 인연이 아니어서
나 홀로 그 아픔 모두 감당하며
웃음으로 떠나보내야 하는 서러운 날이 온 다해도
미련 없이 기꺼이 받아드리겠습니다.

이 세상에서 오직 단한사람
당신에게만은
이런 가슴앓이여도 좋습니다!

자기가 그만한 힘이 없으면서도 커다란 존재라고 생각하
는 사람은 거만하다. 또, 자기의 가치를 실제보다 적게 생
각하는 사람은 비굴하다.   - 아리스토 텔레스

중년아빠의 사랑

곁에 항상 그대 있음에도
외롭고 허무하기만 한건
돈이라는 장벽에 가로막혀
전해질줄 모르는
나약한 내 사랑 때문이다.

건강을 잃으면 모든 것을 잃게 되듯
사랑을 잃으면,
존재의 의미 모두가 사라지는 것인데...

실낱같은 희망의 끈 놓지 못하고
미련스레 이 자리를 버티고 있는 나는
시간과 경주하는 거북이마냥
포기란 걸 잃어버린
바보 같은 사랑 때문이다.

(에필로그 더하기)

그래!
당신은 아직도 생의 의미가
아이들에 있다고 하지...
어쩌면 엄마라는 신분으로
당연한 의미일지도 몰라
자식이 삶의 의미이고 살아가는 목적이라는데,
이 세상 그 누가 비난의 화살을 쏠 것이며
나또한 당신을 탓할 수 있겠소?!

단지...
아주 가끔
이제는 유난히 가을을 타게 되는
중년의 내 모습을 볼 때면
잊게 되고, 잊혀졌던...
그래서 발버둥 쳐서라도 애써 간직하고 싶었던
당신과의 뜨거웠던 사랑이 그리운 거지...
어쩌면 흘러만 가는 시간이
원망스러워서 그럴지도 몰라!

핸드폰 바탕화면에 일부러 저장해놓은
연애시절 당신의 사진을 보며

그때의 기억 속 추억여행을 할 때면
이 아름답던 아가씨가... ...미안^^

지금은 아이들 키우랴... 빠듯한 살림하랴... 많이
힘든 거 알아!
하지만 가끔씩은
남편이나 아빠가 아닌 한 남자로
당신 곁에 내가 아직 있다는 걸
기억해 줬으면 좋겠어!
바보같이 묵묵히 당신 곁을 지키는 나를....

바보는 방황하고, 현명한 사람은 여행을 떠난다. - 풀러

미안해요 사랑해서...

사랑이 슬퍼지는 건
사랑이 아픔이 돼 버리는 건
사랑이란 포장의 욕심 때문이다.

김 중배의 다이아몬드가 없어도
태어나 준 것만으로도 고마운 일이었는데
다시 태어나도 만나고픈 사랑이었는데

차 하나쯤은 있어야하고
좋은 집도 있어야하고
남에게 보이는 사랑이 되어버리니...

사랑이 후회되는 건
사랑이 죄가 되어 버리는 건
현실속 사랑의 운명 때문이다.

(에필로그 더하기)

오늘은
사랑하는 그녀에게 아주 중요한 날입니다.
높은 연봉과 좋은 직장에 다니는 사람과
선을 보거든요!
사랑한다는 명분으로라도 잘되길 바래야하는데
이기적인 나는 아직 사랑이 부족한가! 봅니다.
그 사람이 키도 작고 못생겼으면 하는
생각을 하니 말입니다.

ㅋㅋㅋ
참 못되고 옹졸한 내 모습이라니...

나름대로 최선의 내 노력이
그녀의 부모에게는 많이 부족했나봅니다

하긴 열심히 한다고
바라는 모든 일이 이루어진다면
그것 또한 이기적인 세상에 대한
헛된 미련일수 있으니까요.

처음부터 나에게는 맞지 않은 옷이었다고 그렇게 포기하면
조금은 편안하게, 덜 아프게 보내줄 수 있겠지만
정말이지 내 인생에 있어서 그녀는
세상을 바라보는 새로운 눈을 갖게 해준 사랑이기에
내속에 선과 악이 이리도 싸우나 봅니다.

오늘은 마셔도, 마셔도
이상하리만큼 술이 취하지가 않네요...

당신이 누군가를 배반한다면, 당신은 또한 당신 자신을 배반하는 셈이다. - I.싱거

짝사랑 = 지나친 배려?

"아니에요! 제가 더 미안해요."

헛된 미련을 가졌던 건 아니에요
당신사랑이 잘못되길 바랐던 건 더더욱 아니고요
당신에게 날 위한 공간이 없음을 잘 알면서도
당신에게로만 향하는 내 마음!

눈뜨면 잘 주무셨는지
밥은 제때 드셨는지
혹여 아프시진 않은지
지금 뭘 하고 계실까?!

내말을 듣길 거부하는 이 마음이
오히려 불편하시고
부담이 될 수 있다 는걸 알면서도
접질 못하는 못난 나를...

용서하세요.
괜찮으니 신경 쓰지 마세요!

(에필로그 더하기)

그 사람은요?
좀 오래된 연인이긴 하지만
결혼할 여자가 있는 남자랍니다.
처음 입사한 이곳에서
유난히도 빛이 나던 사람이었죠!

잔잔한 미소와 젖어드는 목소리
저에게는 왜 그리 친절한지...

사랑은 이기적인 것이라고
할 수 있다면 뺏어서라도
내 것을 만들라고 하네요?! ^^

저도 할 수만 있다면
뺏고 싶은 마음이 간절하지만
그 사람은
그녀와의 의리를 저버릴 수 없다고 합니다.ㅜㅜ

참 포기하기에는
아깝고 멋있는 사람이지요?

어느 글에서 보았듯이
사랑은 믿음과 신뢰가 더해져
소중함을 알고, 잊지 않는
머나먼 여행이라고 하네요.

행복하셔야 합니다.
내 사랑의 멘토(mentor)로
당신을 한구석에 간직할 테니
저를 위해서라도 행복하세요...

거만한 자를 책망하지 말라. 그가 너를 미워할까 두렵다.
지혜있는 자를 책망하라. 그가 너를 사랑하리라.
- 성경 잠언

청혼승낙

오빠는 날 위해 서라면
세상의 그 어떤 어려움도
그 어떤 무거운 현실까지도
거뜬히 이겨내고 견디어 내야해...

왜냐하면 언제까지나
오빠 곁에 항상 내가 있을 테니까!

왜냐하면 이제부터는
더는 오빠 한사람만을 위한 삶이 아니니까!

(에필로그 더하기)

딸애와 그녀석의 결혼을 허락하였다.
어릴 적부터 그리도 가까이 지내더니
결혼까지 하게 될 줄이야...

철없는 녀석이 처음 결혼을 이야기했을 때
이름 모를 배신감에 반대를 했었지만
그녀석이라면 잘해낼 것이라는 믿음에
오늘 결단을 내린 것이다.

집사람은 아직 어린데
뭐 벌써 결혼이냐고 성화지만
내 여태껏 살아보니
시간이 많이 흐른 후에도
사랑하는 그 열정을 잃지 않고 간직한다면
충분히 행복한 결혼생활을 할 수 있다는
생각이 들어서였다

눈에 넣어도 아프지 않았던 녀석이
벌써 결혼이라니...

세상은 그렇게 흘러가고
다음세대에게 자리를 양보하는 것 인가보다...

(에필로그 더하기 둘)

아버님에게 드디어 허락을 받았다.
남자대 남자로써 나를 인정해주신 것이다.

어릴 적 소꿉놀이 시절의 약속이
이루어진 날이기도 하지만
이제는 한가정의 가장으로써 어깨가 무거워지는
진정한 남자로써 다시 태어나는 날이기도 하다.

**삶이 의미일 수 있는 것은
나를 믿어주는 사람들이 있기에 가능한 것이듯**

내가 사랑하는 사람들과
나를 사랑해주는 사람들을 위해

하루하루, 순간순간 최선을 다해
노력하고 앞으로 나아가야겠다.

사랑은 하는 것도 중요하지만
지키는 것이 더 중요하니까...

게다가 그 애는
지킬만한 가치가 충분한
나만의 사랑이니까...

(에필로그 더하기 셋)

과연 내가 잘해낼 수 있을까?
막상 결혼을 하게 된다고 생각하니
조금은 불안하고 두려운 게 사실입니다.

그러나 내가 가장 사랑하는 오빠와
그리도 바라던 결혼을 할 수 있다고 생각하니

한편으로는 안심도 되고
기대감에 설레기도 합니다. ㅎㅎㅎ

삶이 의미 있어지고
존재감을 느낄 수 있다는 건
사랑하는 사람이 있기 때문입니다.

오빠 때문에 하루하루가 기다려지고
혹여 안 좋은 일이 있었어도
오빠가 있기에 위안이 되는...

그를 위해서라도 건강하고
시간을 헛되지 않고 소중히 여기며
열심히 살아야겠다는 다짐이 생기는걸 보면
내가 오빠를 많이 사랑하고 있나 봅니다.

추울 때나 더울 때나
기쁠 때나 슬플 때나
아무리 어려운 일이 닥치더라도 사랑하는
나의 오빠와 이겨내고 함께하겠습니다.

신부 서약

이제부터 그에게
둥지가 되어주려 합니다.
힘들고 지칠 때면
언제나 내 따뜻한 품으로
힘껏 안아 보듬어 줄 수 있는
그런 둥지가 되어 줄까합니다!

이시간이후로
우리라는 하나가 되려합니다.
즐겁고 때론 힘든 길이라도
두 손 맞잡고 서로에 의지하며
망망대해 험한 인생길
꿋꿋하게 나아갈까합니다!

사랑합니다!
정말 사랑합니다!
그대가 곁에 있어 행복합니다...

(에필로그 더하기)

희로애락
삶을 살아가는데 느끼는 감정들이다!
세상사 즐겁고 행복한일만 있다면
그 얼마나 좋겠냐? 만은
기쁨이 있으면 슬픔이 있고
어둠이 있으면 밝음이 있듯...
괴로움과 슬픔, 고통의 아픔들도
없어서는 안 되는 것들이다.

하지만 보통우리는 힘들고 고통스러울 때
그 원인이 자신이 아닌 상대 때문이라 생각하며,
그를 탓하고 때론 상대를 적으로 여기며
비난하고 원망하며
상처주고 상처를 받곤 한다.

물론 그것은
근본적인 해결방법은 아니겠지만
자신의 정신건강을 위해서 우리가 쉽게 취하는
자기방어의 한 방법이다.
외부에 있는 그 원인이 이론상으로는

해결하기가 더 수월하기 때문이다.

사랑을 하고 있는
대부분의 사람들이 싸우는 이유도
자신이 상대에게 준만큼의 사랑을
받지 못하고 있다고 생각하고 느끼기 때문이다.
자신의 마음속에 준 것에 대한
받을 만큼의 자신의 기준을 정해놓고서...

그리고는 기대에 못 미치는 상대의 사랑에
상처받고 삐지고 짜증내며
사랑이 식었다고 상대를 탓하는 것이다.
마음속으로는 사랑하기 때문에
그 사람에게 해주고 싶어서 한일이라고
변명하면서...

사랑은 절대
준만큼 받기를 원하는 거래가 아니다!

자식을 향한 부모의 사랑 또한

자식의 성공에 대리만족을 느끼고
그 자식을 통해 자신의 자아실현을 한다면
그것 또한 사랑이 아니라 거래인 것이다.
사랑이라는 가면을 쓰고 행해지는
독선적이고 이기적인 자기합리화!(폭력?)

행여 자식이 잘되었다면
성공한 투자요 거래인 것이고,
자식이 기대만큼 되지못한 다면
그건 자식이 부모의 사랑을 이해하지 못한 것이고
어쩔 수 없는 부모들의 운명이라 자위하면서...

햇살이 있어 따뜻하고
바람이 있어 더운 여름이 시원해지듯
존재 자체로도 행복할 수 있는
그런 사랑이 되어봄이 어떠할지...

내가 먼저 그에게
그런 존재로 다가간다면
조금은 손해 보는 상황에

상처받게 될 수도 있겠지만
어쩌랴...
내가 진정 사랑하는 사람인 것을...

기대치만큼 받지 못하고
조금은 내 마음을 몰라준 데도
내 스스로 선택하고
내가 원해서 사랑한 사람인 것을...

남을 비난하는 것만큼 쉬운 일은 없다. 어떤 일이 그릇되
었다는 것을 아는 데는 그리 많은 것이 필요하지 않다.
하지만 어떻게 하면 그것을 다시 바르게 할 수 있는가를
아는 데는 남다른 눈썰미가 있어야 한다.   – 빌 로저스

소박한 소망

나의 사랑 맘껏 줄 수 있는
그 사람이 있다는 건
또 그의 사랑 한껏 받을 수 있다는 건
하늘이 내 인생에 준 최고의 축복인거지

행복은 언제나 가까이 있는 거
그 사람이,
나만의 그 사람이 내 곁에 있는 한
난 언제나 행복한 사람인거지

그래서 사랑을 하면
이렇게 이뻐진다 하나보다!

언제나 내 곁에 있어주세요
제 작은
소박한 소망입니다!

(에필로그 더하기)

수아의 일기!

오늘 TV교양프로에서
행복에 대한 강의를 보았다.
부탄은 신경제재단(NEF)의 조사에 따르면
국가별 행복지수가 143개국에서 1위란다.
1인당 국내총생산(GDP)은
2000달러에도 미치지 못하는데...
우리나라는 68위에 올랐다고 하니
참으로 아이러니하고 많은 생각을 하게한다.

행복지수!
행복이란?
바라는 것이 적을수록
이루고 성취한 것이 많을수록
행복한 것이라고 한다!

그런데 대부분의 사람들은
마음을 비우기보다는

원하는 것을 성취하기위해 아등바등
앞만 보고 달려가는 경우가 너무도 많다.

자신이 원하는 것들을 목표로 정해놓고
성실하고 의욕적인사람이라고 높게 평가하는
주위의 시선에 자신을 채찍질하며
욕심을 열정이라고
착각하는 경우가 너무나 많다.

서면 앉고 싶고, 앉으면 눕고 싶고
누우면 자고 싶듯...
끝없는 욕망을 향해 그렇게 달려가는 것이다.

가까운 내 주위를 보더라도
단 하루라도 떨어져서는 살수없을정도로
보기에도 심할 정도로 호들갑을 떨며
서로 사랑한다며 결혼까지 했으면서...

힘들 때면 가끔 나를 불러내서

여러 가지 하소연과
시댁부터 신랑까지 온갖 흉을 보며
사랑을 원망하고 자신의 선택을,
심지어는 결혼 자체를 후회하는
친한 언니들을 많이 보곤 한다.

그럴 때마다 회의감이 드는 어린 나와는 달리
나이가 있고 결혼생활을 꽤한 언니들을 보면
남편을 애하나 더 있다고 생각하라는 둥
포기할건 포기하고 사는 게
맘 편하다는 조언을 서슴없이 한다.
이건 대체 결혼이란 걸 하라는 건지...
말라는 건지...

오랜 기다림 끝에 드디어 만난 나의사랑
오빠로 인해 세상이 살아지고 기대대는 나는
바라기 보다는 오빠 그자체로 행복할 수 있는
그런 나를 만들어가야겠다.
밀당에서 밀리면 여자는 끌려가고 초라해진다는

언니들의 조언에 때론 상처받는 다해도
오빠와 조심스레 사랑을 키워나가야겠다.

사랑에 있어서의 행복지수... 만족지수 또한
사랑의 소중함을 알고
사랑하는 존재자체의 감사함을 깨달은 다면
사랑을 후회하는 일은 없으리라
생각하기 때문이다.

조금은 쌀쌀하지만 청명한 가을하늘처럼
맑고 부푼 마음으로 조심스레 기도해본다.

하늘에 계신 우리아버지 하나님!
사랑하는 오빠를 태어나게 해주시고
저에게 보내주시어 정말 감사합니다. _())_

내 사랑 이야기

더위를 식혀주는 계곡물처럼
내 마음속 타는 목마름을 식혀주는
나만의 그대

그와 함께라면
무간지옥의 그 어떤 고통도
감히 견뎌낼수 있다 생각되어지는 건

오만이라고 하기엔
그를 향한 나의 사랑 때문인걸...

(에필로그 더하기)

오빠는
내가 자기를 얼마나 많이 사랑하고 있는지
아마 짐작조차 하지 못할 거예요.
이제는 공식적인 연인이지만
오래전부터 내가 오빠를 짝사랑했었거든요... .

제가 단골로 다니는
월미도 카페 사장님의 조언을 들은 후
그 사장님(바다노을 그리고 사랑)이 추천해주신
사랑에 대한, 연애나 남녀관계에 대한
많은 책들을 보고
사랑에 대해 많이 공부했거든요.

사랑하는 마음이 너무 앞선
서투른 사랑의 열정은
상대에게 전해지지 않을뿐더러
오히려 오해를 불러올 수 있다는 말... ...

정말 사랑에 대해 공부를 해보니
맞는 말이더라고요.

사랑에도 전략이 필요한 것이죠!

보통 첫사랑은 실패한다고 하는데
첫사랑이 실패하는 이유는
사랑에 대해 모르기 때문인 거죠!
남자에 대해, 여자에 대해,
그리고 사랑에 대해...

그래요
오빠를 꼬시려는 나쁜 마음을 가졌다고
저에게 손가락질해도 좋습니다.
그 어떤 시기의 비난들도
충분히 감내할 수 있습니다.

왜냐하면 나의 사랑 오빠는
너무도 오랜 기다림 속에 드디어 이룬
나에게는 없어서는 안 될
그런 사랑이었으니까요...

내가 진정 오랜 시간 사랑해왔고
그 사람과 함께하고 싶어
사랑에 대해 치밀하도록 연구하고
접근하여 연인이 된 것이
설마 죄가 되지는 않을 테니까요.

정말이지 저는
아주오래전부터 오빠를 사랑하고 있었습니다.
오빠이외의 어떤 사람도 생각한 적이 없습니다.

앞으로는 오빠하고의 사랑을
잘 지키고 가꾸어 행복하게 살아 볼 겁니다.

물도 주고 거름도 잊지 않고
햇빛도 적당히...
더우면 그늘도 만들어주고
아주 소중히 가꿀 겁니다.^^

사진 속 웃고 있는 모습

 이제 고3이 되는 저는 고등학교 1학년 이였던 2010년 가을에 다니게된 입시학원에서 여러 명의 오빠들 중 유독 제 시선을 사로잡았던 한 오빠를 알게 되었고, 그 후 늦가을! 그 오빠 네의 학교 축제에서 제 좌석근처에 앉은 그 오빠에게 반하게 되어 그때부터 오빠를 짝사랑하게 되었습니다.
 제 짧은 생에 있어, 제 마음을 온통 설레게 했던 그 느낌도 처음 이였고, 또 짝사랑도 처음 이였습니다.

 그때부터 저는 학교, 학원, 집에서도 온종일 그 오빠에 대한 생각과 상상들에 빠져 있었고, 기념일 때에는 오빠에게 작은 정성으로 포장한 선물과 편지를 주며 한 학년 위였던 그 오빠를 챙기기 시작했습니다.
 저 또한 그 오빠에게 작으나마 어떤 의미이고 싶었으니까요.
 11월 11일 빼빼로 데이, 12월 크리스마스, 새해에는 신년 새해맞이 그리고 지난 2월 14일 발

렌타인 데이에는 초콜릿 선물 바구니와 이메일로 고백 아닌 고백을 하게 되었습니다. 오래 전부터 오빠를 좋아하고 있었다고요...

좀 창피하기도 하고 그래서 그 자리에서는 고백을 못했거든요.

친구들도 있고 해서요?!

그런데 저에게 메아리 되어온 오빠의 대답은 다가오는 3월에 오빠가 고3 수험생이 되기 때문에 저에게 잘 해주지 못할 것 같다는 대답이었습니다.

지금의 시기가 아니었다면 조금은 제 마음을 받을 수도 있었다는, 그러기에 더욱 미안하! 라는 대답을 해주었습니다.

오빠는 공부 때문에 가족과 멀리 떨어져서 서울에 올라온 상태였거든요! 그러니 공부에 대한 부담은 큰 것이라 생각됩니다.

저도 더 이상의 대답은 원치 않았고 오빠에게 부담을 주지 않는 범위 안에서 최대한 오빠를 챙기고, 좋아하는 감정을 가지고 지내왔습니다.

그 사이 단둘은 아니지만 주변 오빠들의 도움으로 영화도 보고 패밀리레스토랑에도 가고 노래방도 몇 번 가고 가깝고 친밀한 연인 사이는 아니었지만 그래도 그런 저런 좋은 관계로 지내왔습니다

첫눈이 오던 날!
늘 무뚝뚝하고 듣기 좋은 말이라고는 잘하지 않던 오빠가 학교에 등교한 제게 아침에
"눈온다♥♥ 첫눈이네?^^"라며 문자도 보내주고 "어제 입고 왔던 코트 예쁘더라... ."등의 말도 해주었고..
그 이후에도 저에게는 한 줄기의 희망을 가지게 하는 말과 행동들을 종종 했습니다.
물론 저만의 착각이었는지 모르겠지만 요.

그런데 정말 힘들었던 것은, 처음으로 저에게 다가온 사랑의 감정이 너무도 컸던 탓인지 그 학원을 그만두게 되면서, 학교에선 언제나 상위권의 성적을 유지하던 제가 오빠를 향한 감정에

방황이 너무 컸었는지 성적이 떨어지게 된 것이
었어요.
 물론 부모님은 난리가 장난이 아니었죠!
 부모님을 포함한 저희 온가족은 저 때문에 이
사와 절 전학까지 시키시더라고요
 그동안 부모님은 저를 유학까지 보내시려고 했
었거든요!
 저도 고민과 번뇌 끝에 더 이상의 오빠를 향한
제 감정들을 접고 공부에만 매진하기로 다짐에
또 다짐을 하고 오빠에게 연락도 하지 않았습니
다.

 그러다 이제 올해 수능이 끝난 시점!
 연락도 뜸하고 예전과는 확연히 달라진 저를
아는지 모르는지. 오빠가 이제는 먼저 저에게 문
자를 하고 연락을 하는 거예요.
 며칠 전에는 문자를 하다가 갑자기 한 시간이
지난 새벽 1시에 전화가 와서는..
 2시간 가까이 서로 편하고 즐겁게 통화를 하였
고, 저도 접었던 방황이 다시 살아나는 듯 마음
이 심란하고 혼란스럽습니다.

오빠를 이제는 안 좋아한다고, 편한 오빠동생사
이로 지내고 싶다고 생각했던 제게 다시 오빠를
향한 좋아하는 감정이 되살아나는 듯 하고 그동
안의 다짐들이 한순간에 무너지는 듯 예전의 저
의 감정들이 되살아나 저를 괴롭히고 있습니다.

이 오빠가 저를 어떻게 생각하고 있는지 알고
싶고, 저의 방황과 함께 오빠에 대한 관계와 마
음들을 어떻게 정리해야할지 모르겠습니다.
 고민 들어주시고, 도와주세요. ^^
 사진 속 웃고 있는 모습만을 아는 그 오빠가
이렇게 힘들어하는 저를 상상이라도 할까요...

RE
    사랑이 뭐 대순가요?

사랑이 뭐 대순가요?
그냥 안보면 자꾸 보고 싶고
함께 하면 둥지처럼 아늑해서
눈감으면 그대 향기가

은은히 느껴져 좋으면 되는 거지요.
사랑이 뭐 대순가요?
격렬한 설렘임은 없다지만
그대 옆에 있어 편안함을 느끼고
그래서 더욱 그대 곁에 있고 싶은
이런 마음의 평안 있으면 되는 거지요.

사랑이 뭐 대순가요?
영화나 소설 속의 가슴 절임은 아니라지 만
당연시 될 정도의 동질감!
그대와 내가 타인이라는 굴레로 나눠지지 않는
이런 느낌이 사랑 아닌가요?

사랑이 뭐 대순가요?
그대 가슴에 손을 얹고 생각해 보세요
이미 그대의 일부가 되어버린 나와
나의 일부가 되어버린 그대
그러기에 일부가 전부 일수 있는 우리!
우린 서로 많이 사랑하고 있는 거 예요...

먼저 님의 예쁘고, 아름다운 사랑의 마음에 성원을 보냅니다.

지금 님은 예쁘게 성장하고 있다는 증거입니다. 일종의 통과의례이며 성장 통을 겪고 계신 거예요.

꼭 그 남자분과 이루어져야한다는 과욕은 오히려 님의 인생 자체까지 마이너스로 작용할 수 있습니다.

그냥 나에게도 이성에 대한 감정과 감성이 싹 튼다는, 정상적인 숙녀로 자란다는 것에 만족하시고 스스로를 위안하세요.

지금의 이런 님의 여리고 예쁜, 아름다운 마음이 이 세상을 아름답게 만드는 출발이 되는 것이니까요. 너무 상처받을 필요도 너무 아파할 필요도 없습니다.

힘내시고 반드시 님은 아주 좋은 분과 이쁜사랑, 아름다운 사랑 만드실 거예요

축하드립니다. 힘내시고 화이팅!

-러브 바이러스 올림-

다시 애타게 만들 수 있는 방법 좀 알려주세요

안녕하세요!

지금 저의 나이는 23살이고요 남친 과는 2008년도부터 지금까지 만나고 있습니다. 처음에는 남자친구가 저를 무지 좋아해서 따라다녔어요.

전 별로 마음에도 없고 신경도 안 쓰다가, 저를 향한 그 애의 일편단심의 마음에 결국 제 마음을 열었던 거죠.

그렇게 한동안 한200일 정도를 너무도 행복하게 사귀고 지냈었어요.

그러다가 이 친구가 컴퓨터 게임에 빠졌던 모양이에요.

리니지 라고 아시죠?

그 게임에 빠져, 밤낮이고 pc방에서 살고, 어떨 때는 제가 연락해도 게임 하느라고 전화도 안 받고, 전 너무나도 화가 났어요.

폐인처럼 생활하는 그 애가 너무 싫었거든요.

그래서 헤어지자고 했죠. 내가 없어도 컴퓨터만 있으면 되니까

게임만 하고 지내라고, 나는 떠나 주겠다고...

그러면 그 애는 자기가 고치겠다며 헤어지자고 하는 나를 항상 잡아주고 그랬었는데...

어느 날인가 그 애가 알았다고, 그럼 헤어지자고 하네요.

전 너무 화가 나고 억울했지만 그렇게 어이없는 이별을 하게 되고 웃기게 컴퓨터 게임에게 애인을 빼앗긴 샘이지요!

이별이후 1년이 지나고, 수능이 끝나자 다시 연락 오더군요.

처음 그때는 제가 다시 사귀는 게 싫다고 했는데 잘못했다고 빌고 또 비는 그 애와 다시 사귀게 되었고 그 후에도 그렇게 한 3번 정도를 만나고, 헤어지기를 반복했습니다.

처음 헤어졌을 때는 사랑에 서툰 제게도 조금은 잘못이 있었지만 그 다음에 헤어질 때는 그 애가 연락을 하다, 안하다 해서 헤어지게 된 거거든요!

물론 지금 현재는 다시 만나서 잘 사귀고 있습니다. 그런데 문제는 제 남친이 너무 많이 변해 버렸다는 거예요.

예전에는 남자친구가 저에게 매달리고, 절 쫓아다니는 절 많이 좋아하는 상태였었는데, 지금은 사실 제가 더 많이 좋아하거든요!

또 횟수로도 5년이란 기간을 만나다 보니 이 친구가 저에 대해 이미 다 파악을 해 버린 거 같아요.

따고 배짱이라고 할까요?

애절한 제 맘을 아는 건지, 가끔 전화도 안 받고 애타는 것도 없더라고요.ㅠ,ㅠ

예전에는 저밖에 몰랐었는데, 이젠 그런 것도 없고, 게임도 여전히 좋아하고, 친구와 술도 너무 좋아하는 사람이라

둘이서만 데이트 하는 경우도 거의 없습니다.

남자친구가 저를 좋아하지 않는 것은 아닌데.

남자들은 자기 여자다 싶으면 그냥 편히 여기는 것처럼 제가 꼭 지금 그런 상태인거 같아요.

사실 지금 저희는 상견례만 안했을 뿐이지,
 친척들은 서로가 다 뵙고 인사도 하고 그분들
과도 잘 지내고 있거든요.
 그러다 보니 이제는 어찌할 수가 없네요.
 친구들과 게임과 술을 너무 좋아하는 버릇과,
맨날 말로만 뭐한 다 계획만 세우고 실행을 하
지 않는 습관!,
 그리고 가장 중요한 문제는 더 이상 저의 소중
함을 모른다는 겁니다.
 괜히 저만 안달이 나서 집착이 심해지는 것 같
고 이제는 그 애의 남자친구들 한 테까지도 질
투가 나려합니다.

 이 남자 정신 차리고, 다시 저를 향한 감정이
애타게 만들 수 있는 방법이 있으면 알려주세요.
 아무래도 오빠가 저보다는 이런 인생문제에 전
문가이실 것 같아서...
 너무 답답한 나머지 이렇게 글을 올려봅니다
 도와주세요.

RE
    애정 확인법

이 일로 인해
고통 받을 당신의 모습에
조금은 망설여지지만
난 당신에게 화를 냅니다.
무서울 정도로...

"삐진 거야?" 라며
은근 슬쩍 넘어가려는 그에게
눈 흘김으로
매정하게 무시합니다.
무안할 정도로...

어이없어하는 그대 모습에
쬐금은 미안하지만
민망할 정도로
그대의 눈길을 외면합니다.
실망스러울 정도로...

"내가 잘못했어! 미안해!" 하며
사과하는 그대에게
나완 상관없는 듯
딴청을 부립니다.
기가 찰 정도로...

먼저 남친 으로 인해 속앓이를 하시는 님의 아
픔에 심심한 애정의 위로를 보냅니다.
하지만 한편으로 님께서는 욕심이 많으시네요.

이 세상에는 시간이라는 커다란 흐름에 변하지
않는 것은 아무것도 없습니다.
흐르지 못하는 물처럼 고여 있는 물은 반드시
썩게 되어있죠!
그러기에 전과 같이 변화지 않는 예전의 남자
친구를 원하는 님의 욕심이 허황되고 큰 과욕입
니다.
단 그 변화라는 것이 객관적으로나, 아니면 주
관적으로도 얼마나 좋은 방향으로 얼마나 발전
적인 방향으로 변했냐? 하는 것이 중요한 거죠!

실제로도 나쁘게 변하는 사람들도 많이 있습니다.

애정이나 사랑자체만의 문제를 따졌을 때는 변하지 않은 사랑을 원한다는 것 자체가 잘못이라는 뜻입니다!
하지만 님의 고민처럼 사랑하기에, 좋아하기에 사랑하는 대상과 앞으로의 미래를 설계하는 대부분의 여성들의 특성상 게임과, 술과, 친구에 너무 빠져있는 남친의 현 상황은 님의 지적처럼 커다란 문제를 갖고 있는 것 또한 사실입니다.

제가 님의 글속에서 판단하건대 남친께서는 님과 동갑인 거 같은데 아직 군대도 갔다 오지 않은 거 같습니다.
일반적으로 군대에 갔다 오지 않은 남성들의 경우 쉽게 말해 아직 철이 덜 들어서 술과, 친구와, 자신이 좋아하는 취미(게임, 스포츠 등)에 몰입하는 경우들이 많이 있습니다.
물론 여자인 님의 나이에서 본다면 야

답답하고, 안쓰럽고, 짜증이 나는 현상이지만
남성들의 나이에서 본다면
당연한 남자들의 또래문화거든요.

 남녀 간에 있어서 앞으로의 문제!
 우리의 현 상황에 주어진 현실적인 문제들을
배제하고, 사랑이라는 감정만의 문제를 따지고
든다면 님께서는 조금 성급한 면이 있습니다.
 남친의 내재되어있는 가능성을 님이 알고, 또한
느끼고 있다면 조금은 따뜻한 시선과 이해로 남
친을 기다려 줄 수 있는 그런 지혜가 필요하리
라 생각합니다.

 하지만 만약에 님의 남친에 내재되어있는 가능
성이 부재하고, 미래를 위한 현실적인 노력은 전
혀 하지 않은체 술과, 친구와 게임에만 몰입하는
현실도피성의 자포자기라면, 쉽게 말해 싹이 노
랗다면 또 다른 분들의 조언들처럼, 남친 과의
관계를 재고하는 것도 현명한 선택이 되리라 생
각됩니다.

님께서는 어려서부터 5년이라는 오랜 시간동안 지금의 남친과 많은 정이 들었고, 첫정이었습니다.

그러기에 다른 이성과의 만남이 없었던 것 또한 사실이고요

남자를 판단하고 선택하는데 있어 경험의 부족이 있을 수 있습니다. 그리고 무엇보다 더 중요한 것은 님에게는 지나온 5년의 시간보다는 앞으로 설계하고, 꾸며가고, 만들어가야 할 시간이 더 많이 남아 있다는 사실입니다.

먼저 한 남자에게 너무 목메지 마시고 님만의 매력을 한층 더 업그레이드 할 수 있는 노력과 미래를 위한 투자를 하시는 것이 더 좋지 않을까 생각합니다.

그리고 남친에 대한 기대치는 좀 낮추세요.

세상의 어떤 남자를 사귀어도 자신만을 언제나, 항상, 늘, 공주처럼 떠받치고 살 남자는 거의 없으니까요... .

또한 그 희박한 확률에 님이 속하기를 바라는

그런 헛된 바램도 버리시고요

 순간의 선택이 평생을 좌우합니다!
 또 사람에게는 무한한 가능성이 내재되어 있고
요. 물론 그 가능성을 위해 노력을 해야 하지만
요.
힘내시고요. 조금은 인내의 따뜻한 시선으로 때
론 냉철하고 예리한 시선으로 님의 사랑을, 님의
인생을 선택하고 판단하시길 기원하겠습니다!

-러브 바이러스 올림-

인생은 흘러가는 것이 아니라 채워지는 것이다. 우리는
하루하루를 보내는 것이 아니라 내가 가진 무엇으로
채워 가는 것이다.   - 러스킨

나와 같은 감정이겠구나!

 안녕하세요? 참고로 전 여자입니다.
 제가 상담하고 싶은 거는 한 남자에 대한 심리
가 궁금해서요. 도대체 그 남자의 속마음을 잘
모르겠어요!

 저에게는 거의 3년이란 기간 동안 짝사랑했던
한 남자가 있었습니다.
 되게 얼떨떨하게 고백을 했지만, 좋아한지 반년
만에 제가 그 남자에게 먼저 고백을 했습니다.
근데 문제는 다름이 아니라, 꼭 그 남자가 절 좋
아하는 것처럼 말하고 행동했다는 거예요!
 거기에 제가 넘어간 거 같아요.
 전 그의 말과 행동에 이 사람도 "나와 같은 감
정이겠구나!"하고 고백을 한 것인데 어이없게 그
남자에게서 받은 대답은 "미안하다." 이거였죠!
 그 남자와 저는 같은 학교, 같은 동아리에서 활
동을 하고 있어서 안 보려고 해도 안볼 수가 없
는데...
 소위말해서 쌩 깐다고 하나요?
 그 후로도 얼굴은 정말 많이 봤지만 그냥 봐도

모르는 척, 서로가 모르는 사람인척 그렇게 지냈
어요. 그렇게 말뿐 아니라 아는 척도 안하고, 연
락도 안하고...

하지만 저는 혼자서 짝사랑을 미련스레 계속
이어나갔습니다. 잊어야지 하며 마음을 모질게
다져봤지만 못 잊고 자꾸 그 사람 생각이 떠나
질 않더라고요.

그러다 이 년 후 어느 날인가 한번 같은 동아
리 사람들끼리 같이 술 마실 기회가 있었어요.

문제는 제가 워낙 술을 못하는지라 조금 마시
고 필름이 끊길 정도로 뻗었습니다(^^;).

다음날 술이 다 깨고 나서 주위친구들과 선배
들이 하는 말이 그 남자가 저만 챙겼다는 거예
요. 제가 술 취한 이후 술 마시는 동안 내내 저
만 챙기고 부채질도 해주고...

게다가 절 업고 왔다는 거예요.

다른 선배가 무거울 테니 자기가 좀 업겠다고
해도 한사코 자신이 날 업겠다고, 했다는군요!

글쎄! 그 얘기를 듣고 너무 놀랐어요. 한마디로

충격 그 자체였어요!

대체 왜냐고요?!

저 술 깨고 나서 한동안도 그 사람이랑 한마디 도 안 했어요.

그러다 한 6개월 후 겨울방학에 동아리 엠티를 가게 되었어요.

시간이 한참 흐른 뒤라 어색한 감은 많이 없어 졌더군요. 그런데 그 사람이 춥다고 한사코 거부 하는 저에게 자기 옷도 벗어줘서 걸쳐주고 그러 는 거예요.

당근 혼란스러웠죠! 이 사람이 왜 이러지?

나랑 이제 끝난 거 아니었나? 미안하다고 할 땐 언제고?

참 웃기더라고요?...

그리고 밤이 되어서 술도 많이 먹고, 엠티 가서 는 다들 하는 것처럼 진실게임을 하게 됐어요.

질문이 이중에 좋아하는 사람이 있었다? 이었 거든요.

그런데 하필 그 남자가 딱 걸렸죠.

전 내심 허황되긴 했지만 은근히 기대했어요.

기대한 저도 참 바보 같지만요.

그래도 이 사람이 나를 그렇게 챙겨준 거 하며 싫다는데도 한사코 옷을 벗어 걸쳐준 거까지 보면...

혹시 모르지?!.. 라고 생각했던 거죠.

나 원 참 그런데 대답이...

다른 사람인 거예요!

저랑은 많이 친하진 않지만 같은 동아리 친구인거에요.

순간 충격이었어요!.

그러면 왜 나한테 그리 잘해 준걸까?

갑자기 눈물이 막 나는 거예요.

황급히 자리를 떠서 바깥으로 뛰쳐나갔는데 걱정이 되었는지 계속전화가 오는 거예요.

어디 있냐고, 추우니깐 빨리 들어오라고......

그 일이 있은 후 얼마 지나지 않아 그 사람은 군대에 가게 됐어요!

잘 다녀오라고, 군대에 가기 전에 연락이라도 한번 하려했는데...

연락하지 말라고 주위친구들이 말리더군요. 이참에 그냥 다 잊어버리라는 겁니다.

그래서 군대 가기 전날까지는 너무나도 연락하고 싶었지만 연락을 하지 않았었는데...

군대 가기 전날 밤에 그에게서 문자가 왔더군요. 내용인즉 대략

'낼 진짜 군에 들어간다. 가면 생각 많이 날거 같다. 잘해주지 못해서 미안하고.

몸 건강하게 잘 지내라...' 라는 내용이에요. 엄청 고민이 되더라고요.

전화를 할까? 말까?

결국 30분 만에 용기를 내서 전화를 했는데... 도대체 이게 웬일입니까?

순간 시끄러운 소리가 들리더니 뚝 하고 끊어지는 거예요.

분명 제 핸드폰 번호가 떴을 텐데 말이죠.

아마 시끄러운 것 보니 술집이었던 거 같아요. 너무 당황스러워서 문자로 보냈습니다.

'전화 끊어져서 당황했어요. 군대 잘 다녀오세요!' 전 전화라도, 아니 답장 메일이라도 올 줄 알았는데. . ... .

그렇게 아무런 연락도 없이, 아무런 말도 없이 그는 결국 군대에 간 거죠!

뭐 이래요?

아마도 제 추측에 그 문자가 다른 이들에게도 모두 똑같이 보낸 전체문자일수도 있다는 생각이 들더라고요.

군에 가는 심정에 그럴 수도 있다고 생각이 들고 이해가 되었지만 정말이지 화가 무지 납니다.

그 사람은 제 기분은 손톱만큼도 생각 안 하나요?

제가 어떻게 생각할지, 어떤 기분일지 모르고 아무생각 없이 그러는 걸까요?

차라리 잘해주질 말던가, 대체 왜? 사람 마음 이리 혼란스럽게 만드는 건지 모르겠네요.

자기 좋아했던 여자라고, 그냥 팬 관리하듯이 어장 관리하듯 제 마음 떠날까봐 접대용으로,

매너용으로 그러는 건가요?
정말 답답하고 화도 나고.
이 남자 왜 이럽니까?
모든 것이 혼란스럽고 정리가 안 됩니다
조언 부탁드려요!

RE
　　문자 메시지

주적주적 비가 옵니다
이놈의 바람은 또 왜 이리 심한지
마음이 더욱 스산해 집니다
당신이 더욱 그리워집니다.

언제든 자신이 필요할 때면
주저 없이 연락하라던 당신
당신도 이 깊은 밤 깨어있길 기대하지만
그건 나만의 욕심, 헛된 바램!

좋은 꿈꾸시라고,
내가 깨어 그댈 위해 이 밤을 지키겠노라고
문자 메시지를 보냅니다.
혹시나 하는 헛된 미련과 함께... ...

먼저 님의 가슴앓이에 깊은 위로를 보내며
지금의 아픔이, 앞으로의 사랑을 위한 좋은 밑거
름이 되기를 기원하겠습니다.

님을 포함한 모든 외로운 사람들은요?
주위의 작은 호의나, 친절에 쉽게 무너져 내리고
쉽게 의지하려며, 자신에 대한 남다른 애정으
로 착각하는 경우가 매우 많이 있습니다.
특히 고향과 부모를 떠나 멀리서 생활하야 하
는 유학생활의 경우 언어와 이국에서 오는 큰
외로움에 조그마한 호의에도 쉽게 스스로를 타
인에게 의지하게 되는 것이죠!

사실 인간이라는 존재가 석가모니 부처님의
"천상천하 유아독존" 이라는 말을 굳이 인용하

지 않더라도 그 시작부터가 외로운 존재입니다.

그러기에 서로에게 의지가 되어주며 더불어 살아가야 하는 삶이고요.

하지만 문제는 그러기 위해서 먼저 주어야 한다는 것을 망각한 체 먼저 받으려고만 한다는 것에 큰 문제와 모순이 있는 것이죠!

또한 먼저 주기 위한 선결문제는, 스스로가 스스로의 힘으로 우뚝 홀로설수 있어야 한다는 것입니다.

스스로가 먼저 성숙된 성인이 되어야 한다는 말입니다.

꼭 이번 일이 아니더라도 시간을 내서서라도 님께서는 이성에 대해, 사랑에 대해 공부하셨으면 합니다.

주위에는 먼저 아파한 인생선배들의 좋은 책들이 많이 있으니까요. 그래서 님께서도 누군가의 의지와 위로가 되어줄 수 있는 그런 성숙된 여성이 되시길 기원하겠습니다.

그리고 님의 경우 그 남자 분의 행동이나, 모습, 반응들이 님께서 오해할만한 소지의 문제를 보인 것이 사실이긴 하지만 군대 간 남자 분의 성격의 문제를 따지기 전에 거의 3년이라는 기간을 짝사랑해 오셨는데, 너무 한 이성에게만 집착하는 그런 태도를 바꾸시는 것이 선행되어야 한다고 생각합니다.

엄밀히 따져 말하면, 님께서 좋아하고 짝사랑했던 사람은 군대 간 그 남자 선배분이 아닌 선배의 모습을 한 **님의 마음속에서 만들어낸 또 다른 이성**일지도 모르니까요.

힘내시고
건강하세요
화이팅!

-러브 바이러스 올림-

여자 친구나 애인이 생겼으면...

 저는 이제 곧 27이 되는 건강한 대한건아입니다.

 저의 문제는 여태껏 제대로 여자를, 아니 가볍게라도 만난 적이 없다는 것입니다.

 얼마 전까지만 해도 공부하랴, 미래에 대한 나름대로의 준비를 하랴, 여자문제의 경우는 나이가 먹으면 저절로 해결될 것이라 생각하며.

 아무런 문제의식도 느끼지 못한 체 시간이 해결해 줄 것이라고스스로 위로하곤 했었는데...

 이제 서서히 나이를 먹게 되니 점점 두려워지네요.

 저는 남들도 대부분 다니는 대학교라는 데도 나와봤고 물론 제 혼자만의 생각인지는 모르겠지만. 정신이나 건강에 특별히 커다란 문제가 있는 것도 아닙니다.

 그렇다고 현재 여자를 소개받는다거나, 미팅 같은 것을 하는 것도 아니고 사실 꼭 해야겠다는 의지나 생각도 안 드니 말입니다.

 주위의 친한, 특별히 잘생기거나, 유머감각이

뛰어난 친구들도 아닌 그저 소박한 친구들도 하나둘씩 이성에 대한 높은 관심과 적극성으로 여자 친구나 애인들이 생기는 데...

전 아직도 급하단 생각이 가끔 들긴 하지만 친구들과는 다른 게 절박한 심정이나 노력의 마음이 들질 않으니...

그렇다고 억지로 여자 만날 궁리만 하는 것도 약간 비참해 보이는 것 같고.....

잘 모르겠습니다.

솔직 담백한 충고 부탁드릴게요.

RE

열심히 사세요!

"내가 지금 좀 바쁘거든?
좀 있다 내가 전화할게!"
똑 같은 거짓말에 또 속으며
그의 전화를 기다립니다.

정말이지 이젠 사랑이 식은 걸까요?
우리의 사랑은 영원할거라던 한때의 오만이
지금 이 시간 무너져 내리고 있습니다
그때의 나를 질타하고 있습니다.

 사랑은 한쪽이 매달려선 안 된다고 하던데
 그걸 잘 알면서도 그댈 사랑하기에 오는 외로
움!
누군가를 사랑하면서도 외로울 수 있다는 걸
 나 그댈 사랑하며 알게 됐습니다.

 이놈의 세상은 먹고사는 게 왜 이리 힘든 건지
 열심히 사세요!
 열심히 일하셔야지 먹고 살 수 있는 거니까요
 그댈 이해하지만, 자꾸만 가슴이 아파 옵니다.

 인간에게는 누구나 자신에게 맞는 짝이 주어져
있다고 합니다.

우린 그걸 인연이라고 말하고, 운명이라고 말하기도 하지요.

하지만 그 인연이나, 운명이고 하는 것들도 아무런 노력 없이는 이루어질 수 있는 것이 하나도 없습니다.

과연 입 벌리고 있으면 감이 자신의 입으로 떨어질까요?

님께서 어떤 한일을 성취하기 위해서 열심히 노력하듯(이 세상에 노력 없이 이루는 것이 없듯) 자신의 짝을 찾는 문제 또한 적극적인 노력이 필요합니다.

여성들에게 호감이 가도록 의상이나, 헤어스타일, 신발, 말투나, 매너 약간의 유머감각까지...

님 자신을 위한 투자도 좀 하시고, 여성들은 남성들과 많은 차이가 있거든요?

그 차이를 알기 위해 좋은 책들도 많이 있으니, 구입하셔서 공부하는 것도 한 방법일수 있습니다.

물론 님께서 제비가 되라는 말은 아닙니다.

그만한 노력을 할 가치가 있는 일이라는 뜻이죠! 왜냐하면 이성을 만나는 것도 다른 남성과의 경쟁입니다.

무릇 동물의 세계에서도 암컷을 차지하기 위해 화려한 깃털을 준비한다던 지, 암컷에게 잘 보이기 위해 갖은 노력을 다하잖아요?

경쟁에 뒤쳐져서는 결코 아무것도 할 수 없습니다.

언젠가 님의 마음과 눈을 사로잡는 인연의 여성을 만났을 때 정말이지 꼭 가지고 싶고, 포기하고 싶지 않은 욕심나는 상대를 만났을 때 경쟁에 뒤쳐진다고 생각해 보세요.

아쉬움은 기본이고 비참하지 않을까요?

그리고 자동차까지 있으면 더욱 좋겠죠? (현실적인 준비^^) 요즘 여성분들도 뚜벅이는 별로 좋아하지 않거든요.

물론 전혀 배제할 수 없는 어떤 가능성이 있을 수도 있습니다.

님께서 기억하지 못할지는 모르나 어려서 부모님의 이혼이나 여성에 대한 좋지 않은 충격, 기억들이 여성에 대한 적대적인 감정으로 님의 무의식에 자리한 경우! 이 경우 여성에 대한 관심 자체가 일어나지 않을 수 있습니다.

또 하나는 호르몬의 불균형 등 육체적인 문제가 원인인 경우가 있습니다.
어차피 남성이나, 여성이나, 다른 이성에게 관심을 갖게 되는 것도 호르몬의 장난일수 있거든요.
혹시 모르니 이 경우 병원에서 상담과 검사를 받아 보시는 것도한 해결방법이 될 수 있습니다. 그렇다고 너무 심각하게 받아들이실 필요는 없고요. 가능성을 생각해 보라는 것이니까요.

어떻든 간에 본인이 심각성을 인지하셨다는 것은 문제해결을 위한 절반의 성취는 한 것이라 생각합니다.
원인을 찾아보시고 좋은 결과를 위해 현실적인 노력을 하신다면 지금 현재 님의 고민 또한 쉽게 해결될 수 있으리라 확신합니다.

힘내시고, 누군가를 사랑하기 위해서는 자기 자
신에 대한 사랑이 선행되어야 합니다.
　왜냐하면 내가 나를 사랑하지 않은 한, 그 누구
도 나를 사랑하지 않을 테니까요.
　그리고 내가 나를 사랑하지 않는데 내가 그 누
구를 아끼고 사랑할 수 있겠습니까?
화이팅!

　-러브 바이러스 올림-

너그럽고 상냥한 태도, 사랑을 지닌 마음, 사람의 외모를
아름답게 하는 이 힘은 말할 수 없이 크다.　- 파스칼

내속엔 내가 너무도 많아!

　제 나이 34살이 되는군요.
여태껏 이렇다하게 가슴 설레게 좋아하는 사람
못 만나고 남자들이 좋다고 사귀자고 하면 조금
사귀다가 별로 느낌도 없고, 마음도 끌리지 않아
서 제가 그만 만나자고 찬 경우가 대부분입니다.

　그러다 이번에 평소 제가 관심이 있던 분이 먼
저 말을 걸어오더군요.
　저녁같이 하자는 말! 관심 있다는 표현!
　그런데 제가 너무 당황한 나머지 저도 모르게
아주 강하게 안 된다고 했어요.
　마음과는 다르게 제가 당황했었나 봅니다!
　하지만 결국은 저를 자학하다, 용기를 내서 제
가 만나자고 했습니다.
　그분이 저에게 많은 관심이 있는 건 사실이래
요. 그런데 전에 사귀던 여자 분이 전화로 헤어
지자고 해서 아직도 이해가 안가고 마음의 정리
가 아직은 안 되었다며 정리가 될 때까지만 조
금만 저보고 기다려 달라고 합니다.
　제가 문자도 넣고 한번 만나자 했는데

타이밍이 안 맞는지 아직까지 만나질 못하고 있습니다.

그런데 이젠 더 이상 용기도 안 나고 이 상황에서 제가 어떻게 해야 될지 머리가 아파요.
사실 제가 그분에게 평소부터 많은 호감을 가지고 있었던 것이 사실이고, 게다가 관심표현도 그쪽에서 먼저 한 것이지만, 이상하리만큼 혼란스럽고, 복잡한 심정입니다.
이렇게 나이가 많은데 주책 같기도 하고 부끄럽네요.^^
상담할 사람도 없고...
좋은 조언 부탁드려요.

RE

좋은 사람 있음 소개 시켜줘!

이런 사람 어디 없나요?
애틋한 눈빛으로 날 지켜봐 줄 수 있는 사람

하루의 일상에 지치고 돌아와
내뱉는 날숨에조차 찌듦이 묻어 나올 때
포근한 눈길로 날 설레게 할 그런 사람

이런 사람 어디 없나요?
촉촉한 음성으로 내 맘 보듬어 줄 수 있는 사
람

삭막한 삶의 전장 속 좌절하고 깨져
끝없는 나락 속으로 숨고만 싶어질 때
다정한 말 한마디로 날 위로해줄 그런 사람

이런 사람 어디 없나요?
따뜻한 손길로 날 어루만져 줄 수 있는 사람

더하고 덜함이 없는, 다 같이 힘든 시간 속
자신보단 상대를 먼저 배려하는 마음으로
나의 안부를 걱정해주는 그런 사람

이런 사람 어디 없나요?
순수한 가슴으로 있는 그대로의 날 사랑해줄
사람

살아온 날보단 아직 살아가야 할 날이 더 많기에
두렵고 막막한 내게 빛을 주는, 힘이 되는 그런
사람
그런 사람이 바로 내 앞에 당신이면 안 돼냐구
요!

이제라도 님에게 꼭 맞는 좋은 인연을 만나실
거예요.
자신감을 가지시고, 스스로를 자학하는 일은
하지 마세요.

가시나무라는 노래 아시죠?

가시나무!
"내속엔 내가 너무도 많아!
당신에 쉴곳 없네... ."
님의 맘속에는 님이 너무도 많아,
다른 남자 분이 들어갈 틈이 없는 것 같습니다.

예전 인기 있는 개그 프로그램의 리마리오처럼
"본능에 충실해!" 라는 말 있죠?
물론 님의 나이가 좀 걸리시겠지만
뭐 어때요?
나는 내 인생을 사는 건데요?
남의 눈치를 보고살기에는
우리의 생은 금방입니다.

그 시기를 놓치면 또다시 그 시기가 오는 것은
힘든 일이니까요!

 좀 늦은 감은 없지 않지만,
늦었다고 생각했을 때
이미 그건 늦은 게 아니랍니다.
 이것저것 너무 많은 것을 생각하지 마시고,
님의 경우 너무 많은 것을 생각하기에
본인이 스스로에게 지쳐버리는 경우거든요.

 본인에게도 좀 관대해 지시고
완벽하다는 것은
일하는데 있어서는 물론 좋은 현상이지만
사람과 사람의 관계에서 좀 모자라면 어때요?
 님이 어딘가가 부족했을 때 다른 이들이 들어
갈 수 있는 공간도 생기는 거잖아요?

 님에게서 상대가 들어갈 수 있는 틈!
 공간을 만들어 주세요.
 비어 있다는 것은

무언가을 채울 수 있다는 뜻도 되니까요.

 비움의 미학에 대해
시간 나시면 한번 공부도 하시고
생각도 해보세요.
 분명 님에게 도움이 될 것입니다.

 꼭 지금의 그분이 아니더라도
님께서 스스로에 대한 잘못을
자각하고 계시다는 것은
그래서 이렇게 누군가의 도움을 청할 만큼
자신을 고민하고 있다는 것은
앞으로 언젠가 오게 될 님의 인연에게도
좋은 결과, 예쁜 사랑을 만들 수 있는
그런 청신호가 되는 것이니까요!

 힘내시고 화이탕!

 -러브 바이러스올림-

사랑과 인연은 어떤 관계가 있을까요?

 제 고민은 현실적인 문제입니다.
 저와 남자친구와 사귄 지 3년 정도 됐습니다.
 같은 학과 선후배로 알고지내다가 사귀게 된 거지요.
 나이 차이는 6년, 올해 남자친구는 직장인이 되었고 저는 이번에 3학년이 되었습니다.

 남자친구는 매우 안정적인 삶을 추구하는 그런 사람이에요.
 그래서인지 얼마 전 저에게 그러더군요.
 자기는 서른 살에는 결혼을 해야겠다고요.
 저는 28살쯤에 결혼계획이 있고 그전에는 절대 NO! 라고 했죠.
 서로가 같이 학생일 때 가볍게 결혼관에 대해 얘기한 적도 있었지만, 이번에는 정말 진지하게 나와 제가 무척 당황했었습니다.
 지금 서로가 사랑하고 있고, 저도 앞으로 그와 결혼 할 생각을 가지고는 있지만 아직 공부할 것도 많고, 졸업도 해야 하고, 당장은 결혼에 관해 생각하고 싶지도 않거든요.

남자친구의 입장은 제 나이 28, 자기나이 34살
이 될 때에는 나이도 많고 늙었고 싫다고 하네
요. 집에서도 30살쯤에 장가를 가라고 하신 답
니다.
그런데 저는 지금 시험을 준비하고 있고, 꼭 합
격해서 사회에서 자리를 잡은 뒤 결혼을 해도
떳떳이 하고 싶거든요?

 남자친구를 어떻게 설득할 수 있을까요?
주위에서 그러는데 결혼 인연이 있는 사람하고
사랑의 인연하고는 다르다고 하던데 정말인지. .
 도와주세요!

RE

   내 가슴속 그대의 사랑

 지금도 눈감으면 그려지는
 그대의 앳된 어색함은
 삶의 무게에 지쳐있는 내게

큰 힘이 되어주네.

언제나 나를 위해
포근함을 준비하던 그대의 사랑
지쳐 쓰러져가는 내게
삶의 의미가 되어주네.

사랑이란 이름의 운명!
거부하고 싶어도
몸부림쳐도 어느새,
정해진 이별의 그 길을 걸어가듯

그대와의 사랑 또한
안타까운 그 길을 걸어가지만
내 가슴속 그대의 사랑
여전히 큰 의미로 날 안아주네.

 사랑을 선택할 것인가? 자신의 사회적인 성취
를 선택할 것인가? 두 갈래의 길 중 하나를 선
택해야하는 기로에 서 계시군요.

먼저 현명한 판단, 후회 없는 선택하시길 기원
하겠습니다.

우리가 보통 말하는 사랑이라는 것, 사랑이라는
이름의 정해진, 결정되어진 운명은 과연 무엇일
까요? 많은 영화나, 소설, 동화 속 이야기를 보
면,

"그 후 두 사람은 행복하게 살았다!"라며 보통
해피엔딩으로 끝을 맺고 있습니다.

하지만 과연 현실 속의 삶속에서 부대끼며 살
아가는데 있어

"행복하게 살았다!"라는 해피엔딩이 가능할까
요? 변함없는 애틋한 사랑의 감정 그대로요?

물론 보는 관점, 판단기준에 따라 다르겠지만,
살아가는데 있어 생로병사, 자녀, 금전 등 무수
한 원인들로 인해 해피엔딩은 상당히 어려운 일
입니다.

그러기에 동경의 대상으로, 희망의 바램으로 영
화나, 소설, 동화속등에서 해피엔딩을 택하는 것
이고요. 왜냐하면 사랑과는 다르게 결혼은 현실
이기 때문입니다. 원래 사랑이란 것의 운명은 이
별을 동반하게 되어있습니다.

인간사 만남이 있으면 헤어짐이 있고 기쁨이 있으면 슬픔이 있듯, 사랑 또한 이별을 동반해야 하는 운명을 태생 적으로 갖고 있는 존재인 것이죠!

하지만 사랑한다는 미명아래 그것을 거부하고 싶고, 부인하고 싶은 것이 인간의 욕심이기에 결혼이라는 것의 현실적인 면을 망각하게 되는 것이죠!

물론 우리주위에는 사랑하는 사람들끼리 결혼도 하고 행복하게 잘사는 것처럼 보이는 부부들도 많이 있습니다.

하지만 그들이 현실적인 조율을 통해 얼마나 부단히 노력하고, 인내하고, 자식에 대한 애정 등으로 신경을 다른 곳으로 돌리며, 때론 일부러 망각하는 것이지 매순간 언제나 행복한 것은 절대 아닙니다.

어쩌면 그것이 주관적인 의미로는 행복일수 있으나 객관적인 잣대로 엄밀히 평가한다면 그렇지 않은 것이 현실인 것이죠!

행복하다 스스로를 위안하고, 생각할 뿐입니다.

님도 마찬가지라고 생각합니다.

이제부터라도 막연하게 결혼이라는 것을 자신만의 상념들로 정의하지 마시고 사전적이고 일반적인 결혼의 의미에서부터, 주위 언니나 선배 친척어른 분들의 결혼에 대한 생각도 알아보시고, 남친이 정말 자신에게 없어서는 안 될 존재인지 등. 세세한 부분 하나부터 뒤돌아보고 자신의 마음정리를 하신 후 남친 과의 결혼을 위한 현실적인 접근과 노력을 해야 할 것입니다.

타협할 부분은 타협하고, 양보할 부분은 과감히 양보하고 그런 조율을 통해 행복한 결혼생활과 미래를 위한 준비를 지금부터라도 해야 한다는 것이죠!

님의 나이가 23살이기에 아직은 결혼을 하기에는 이른 나이일수 있으나, 남친의 입장도 고려해야하는 봐, 남친의 입장에서 결혼에 대한 생각도 하신다면 반드시 좋은 선택하실 수 있으리라 생각합니다.

왜냐하면 사랑은 상대에 대한 배려의 시작부터니까요

그리고 아무리 결혼이 현실적인 것이라고는 하나 주위에 보면 그래도 좋아하고, 사랑하는 사람과의 결혼이 애정 때문에 인내하고, 이해하고, 조율하는데 있어 더 현실적으로 잘 맞춰가며 행복에 근접한 결혼생활을 합니다.

그러니 님도 심각하게 생각하시고 남친과 공부 중에 진정 중요하고 소중한 것을 하나 택하세요.

만약 남친을 택한다면 그건 남친께서 결혼할 님의 인연이며 사랑이 되는 것이고,

공부를 택한다면 남친을 사랑했는지는 모르나 결혼까지 할 그런 인연은 아닌 것이 되는 것입니다.

결혼도 인연이 돼야 하더라고요.

힘내시고 후회 없는 선택하시길 바랍니다.

화이팅!

-러브 바이러스올림-

140

당신은 나의 전부입니다

눈감으면 언제든 느낄 수 있는
피부에 닿았던 그의 온기
아직까지도 그와의 기억이라면
이렇듯 마음을 찌르는 애절함...

하루하루가 여전히 그를 중심으로 돌고
내 옷에 베어버린 냄새처럼
사소함으로 다가오는 사람
그는 나의 전부랍니다.

가장 낯선 이름으로 다가와
입가를 맴도는 습관이 되어버린
유난히 무디었던 내 심장을 뛰게 한
못난 나를 믿게 하는 유일한 사람...

존재감이 없을 만큼 부족하여도
부끄러워 감추고픈 민망한 모습까지도
언제나 날 더 빛나게 했던 사람
그는 나의 전부입니다.

제 곁 당신의 자리로 어서 돌아오세요.
그냥 장난이었다, 미소 지으면 되니까요.
기꺼이 나의 모든 걸 걸고 싶은
당신은 나의 전부랍니다.

사람 사는 세상에 부대끼며
꼭 한번 함께 살고 싶은,
당신은 나의 전부입니다.

내 심장만이 느끼고 간직하는 너란 사랑이 있다

발행일 / 2024년 7월 22일
저 자 / 고윤석
발행처 / 도서출판 청연
신고번호 / 제2001-00003호
주 소 / 서울시 금천구 독산동 967번지 2층
전 화 / 02-866-9410
팩 스 / 02-855-9411
이메일 / chungyoun@naver.com